Dans sa tanière, Léon le loup
est très triste.

Conte de la Ferme

UN LOUP
SI GENTIL

Images
Pierre Couronne

Texte
Pascale Védère d'Auria

Léon vit tout seul, il n'a pas de véritables amis. Pourtant, tous les animaux de la forêt le connaissent, mais chaque fois qu'ils l'aperçoivent, ils se sauvent. Si Léon s'approche d'un lièvre ou d'un écureuil pour lui dire un petit bonjour, aussitôt il lui dit qu'il est pressé et il s'enfuit.
Le cerf et la biche ne s'approchent jamais de lui. Quant au sanglier, toujours grognon, il ne s'intéresse pas aux loups !

En vérité, tous les animaux ont peur de Léon, et ils s'arrangent toujours pour ne pas le rencontrer.

— Ce n'est pas ma faute si mon père, mon grand-père, mon arrière-grand-père et mon arrière-arrière-grand-père se sont mal conduits ! répète-t-il si souvent.

Le seul animal avec lequel Léon peut parler de temps en temps, c'est Filou le renard. Pourtant, il s'en méfie un peu. Il trouve que ses yeux sont bien malicieux et qu'il n'a pas l'air très honnête !
Mais comme il n'a pas d'autre ami, Léon est content quand il le rencontre.

Un jour, Léon et Filou se mettent à jouer au loup. Léon joue le rôle du loup, bien entendu ! Ils jouent déjà depuis longtemps quand Filou n'obtient pas de réponse à sa question :
— Loup y es-tu ? Que fais-tu ?
Etonné, Filou repose la question. Toujours pas de réponse. Son ami est-il malade ? Filou part à la recherche de Léon.

Filou finit par trouver Léon derrière un buisson. Il a la tête entre ses pattes et il semble bien triste. Filou s'approche et dit, en colère :
— Pourquoi as-tu abandonné la partie ?

— Je suis fatigué, répond Léon, et ce jeu commence à m'ennuyer.

— Mais tu es tombé sur la tête ! Tu es malade ? Veux-tu que j'appelle un médecin ? demande Filou plus gentiment.

— Un médecin ! soupire Léon, je ne suis pas malade, je m'ennuie, c'est tout, je suis trop seul !

— C'est gentil pour moi, réplique Filou.

— Ne te fâche pas ! continue Léon, mais je ne te vois pas souvent. Moi, j'aimerais avoir beaucoup d'amis !

— Je vis seul aussi, continue Filou, et je suis très content comme ça. Mais si tu t'ennuies tant, va voir les animaux de la ferme, ils voudront peut-être de toi ! Tu verras, c'est très bien !

Léon trouve l'idée de Filou excellente.

— Tu as raison. Demain, je fais mes bagages et je pars m'installer à la ferme.

Léon semble soudain très heureux.

— Je connais quelques poules bien grasses dans le poulailler. Dès que tu seras installé, invite-moi ! dit Filou le renard.

Puis il part en riant. Léon ne comprend pas les dernières paroles de Filou. Mais il n'y fait pas attention, il rêve déjà à ses nouveaux amis.

Le lendemain, comme prévu, Léon quitte sa maison et s'en va à la ferme. Il est si content qu'il jette même la clé de sa porte dans le ruisseau. Arrivé près de la ferme, il ne rencontre personne. Il décide alors d'entrer dans la première maison qu'il rencontre : c'est la bergerie.

Un agneau se repose tranquillement. Aussitôt qu'il aperçoit Léon, il se met à crier :
— Au secours ! A l'aide ! Le loup est là !
Effrayé par tous ces cris, Léon se sauve.

Un peu plus loin, il pousse une autre porte et, soudain,
il entend les mêmes cris. Une chèvre se met à hurler :
— Au secours ! Au secours ! Voici le loup qui a mangé
ma cousine, la petite chèvre de monsieur Seguin !

Léon ne comprend pas. Les animaux sont terrorisés dès qu'ils le voient. Perdu au milieu de la cour, ne sachant plus où aller, Léon le loup s'assoit. Il n'entend pas les deux, puis les trois, puis les quatre poules qui s'approchent de lui.

— Vous cherchez quelque chose ? demande l'une d'elle.
— C'est que... Voyez-vous, je cherche à comprendre ce qui m'arrive. Le renard m'avait décrit la ferme comme un véritable paradis.
— De qui... De qui parlez-vous ? caquettent toutes les poules en même temps.

— Il a parlé du renard, dit l'une d'entre elles. Oui, c'est
bien cela, du renard ! ! ! J'ai tout entendu !

Léon n'a pas le temps de répondre.

— Au secours ! Il est envoyé par le renard !

Les poules se mettent à courir dans tous les sens,
elles piaillent, gloussent, caquettent. Le coq accourt,
bientôt suivi des dindons. Tous les animaux de
la basse-cour se précipitent.

Léon n'ose plus parler et n'ose plus bouger. Il est si
malheureux, tout seul au milieu de tout ce vacarme !
Les cris des poules ont attiré les autres animaux
de la ferme.
— C'est lui, c'est le loup ! Venez tous, il faut le chasser !

Léon est catastrophé. Il était loin de se douter qu'il faisait si peur. Alors, avec des larmes plein les yeux, il trouve le courage de parler :
— Excusez-moi, j'avais tellement besoin d'amis !
Je pensais en trouver chez vous... mais partout où je passe, je constate que je sème la terreur... Pourquoi ?
On ne m'aimera donc jamais ?
Sa peine est si grande que les animaux se mettent à regretter leur attitude.

Patou, le vieux chien de la ferme, s'approche de lui et lui met la patte sur l'épaule.

— Je me sens bien âgé et fatigué. J'ai besoin de quelqu'un pour monter la garde. Ce n'est pas difficile, si tu es d'accord, je t'apprendrai comment on fait !

Le loup accepte la proposition de Patou avec joie et commence son nouveau métier dès le lendemain.
Sa fidélité et sa gentillesse le rendent vite le meilleur ami du fermier et de tous les animaux de la ferme.
Depuis ce jour, Léon le loup ne regrettera jamais d'être devenu un chien-loup.